世界儿童经典故事绘本

模仿鸟的尾巴

［瑞士］简·马库斯　著

［澳］迈克·克罗姆　绘

韩少佳　译

四川科学技术出版社

很久很久以前，在一片魔法森林里，住着一只美丽的模仿鸟。它的尾巴看起来像彩虹一样绚丽，这也使它成为一只骄傲的小鸟。

"在整片森林里，所有的鸟儿中，我是最美丽的，所以我一定要筑一个最华丽的鸟巢。"它骄傲地说着，哼起了小调：

找啊找，找啊找，

找到最高的树顶。

等我找到那棵树，

找到我绝不停。

找到最高的树顶，

找到最高的树顶，

把我的家筑在那里。

它发现了森林里最高的那棵松树，然后迅速开始干活。

它在山间的小溪中寻到闪闪发光的水晶；它从野马的身上扯下金色的毛发。

它在道边的田里摘下柔软的棉花。"一点白色，和我的彩色尾巴岂不是很相配吗？"它沾沾自喜地说道。

它的杰作终于完成了，但是有些地方不对劲儿。究竟是什么呢？

它的鸟巢里居然没有阳光。

"不好意思，潘恩先生。"它相当粗鲁地敲打着树干。

"我需要你把你的树枝挪开，它挡住了阳光。"模仿鸟说。

"拜托，我亲爱的小鸟，我还一直想要结出果实呢，但是我还没有结果啊！所以就像我没有果实一样，你也没有阳光。"脾气暴躁的老松树大声说道。

　　模仿鸟气呼呼地飞向天空，边飞边有韵律地唱道：

我要飞到国王那里，

告诉它我的故事，

这是一个悲伤的故事，

自私的老松树将受到惩罚，

可怜的我将拥有阳光，

等着瞧吧！

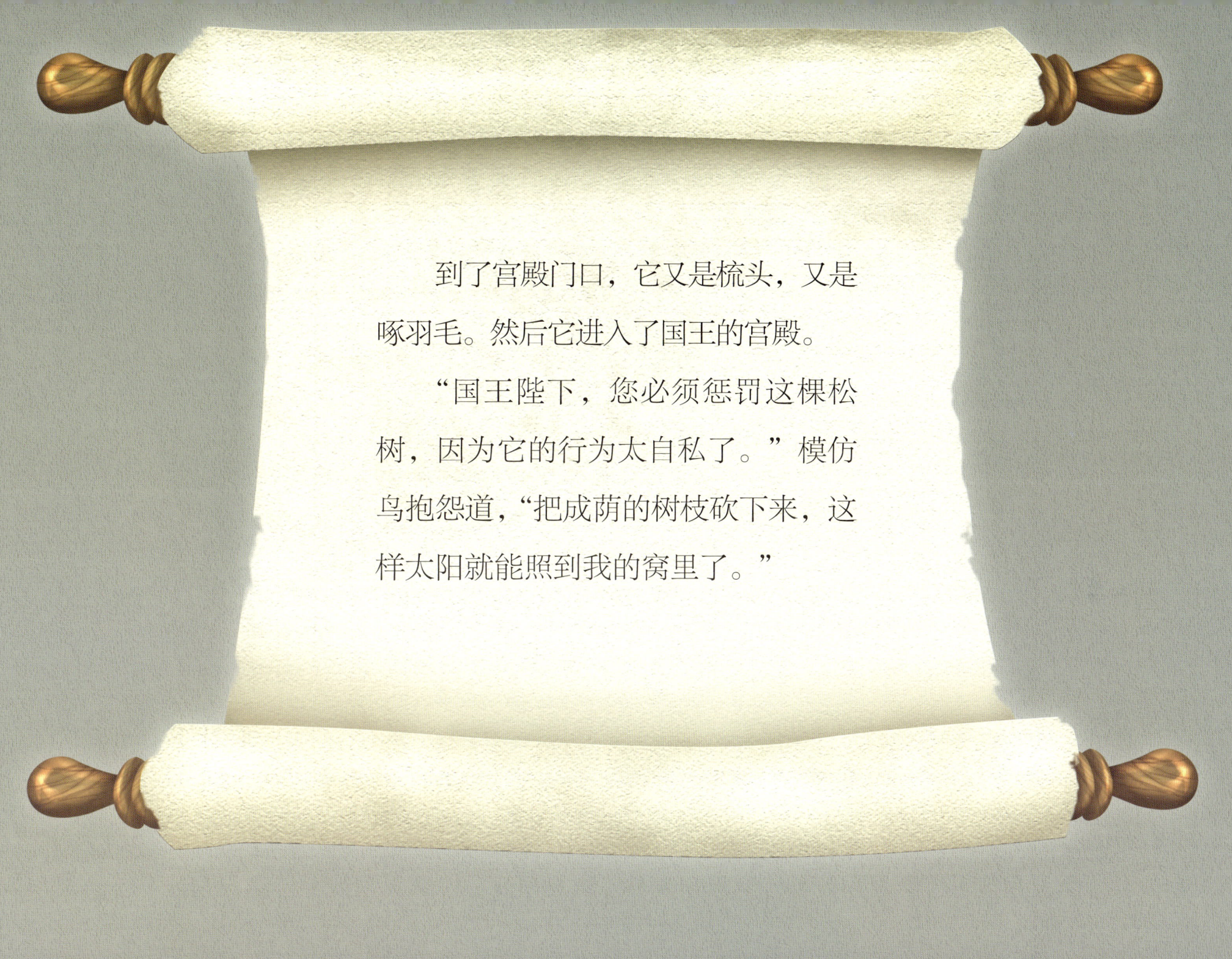

　　到了宫殿门口，它又是梳头，又是啄羽毛。然后它进入了国王的宫殿。

　　"国王陛下，您必须惩罚这棵松树，因为它的行为太自私了。"模仿鸟抱怨道，"把成荫的树枝砍下来，这样太阳就能照到我的窝里了。"

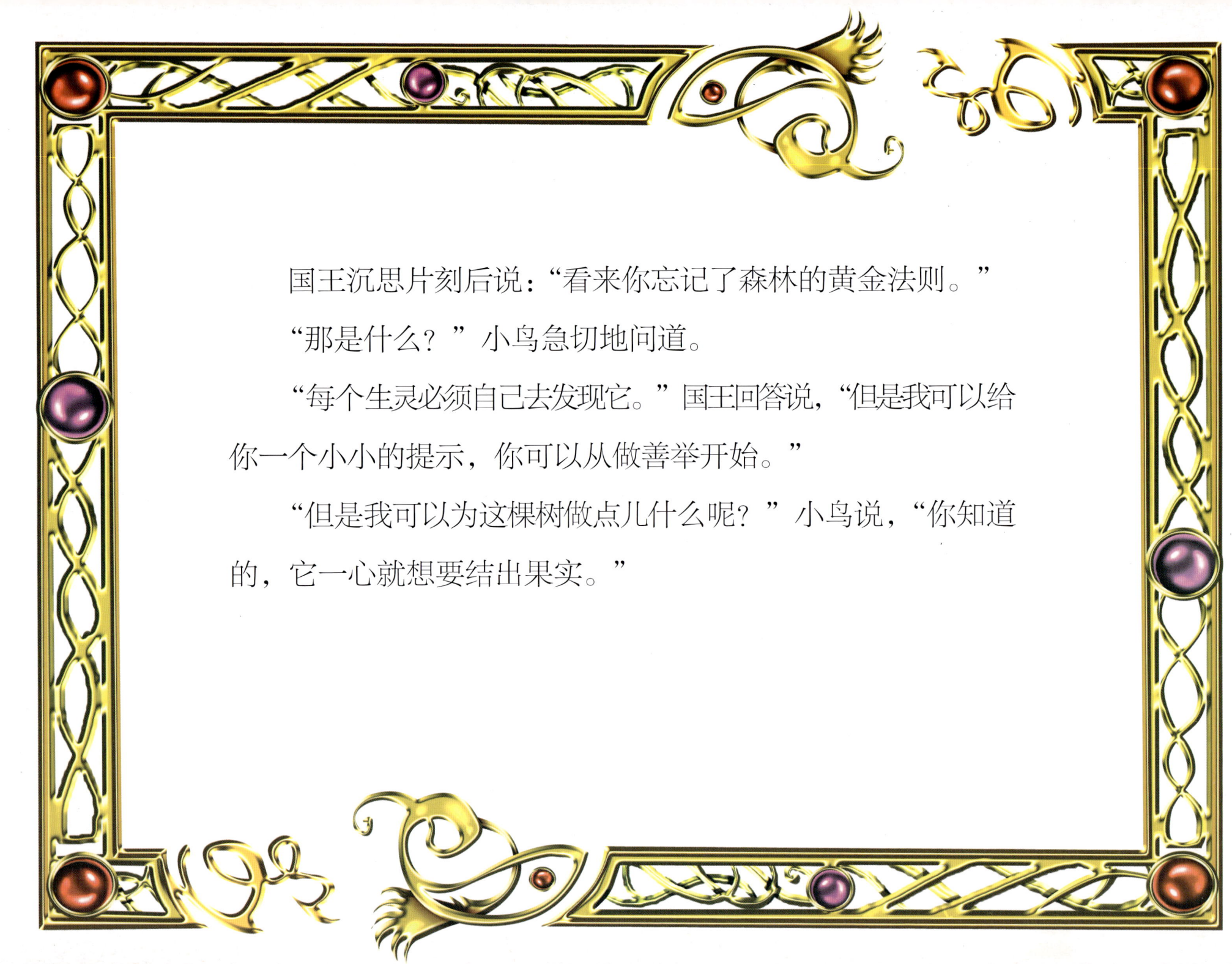

国王沉思片刻后说："看来你忘记了森林的黄金法则。"

"那是什么？"小鸟急切地问道。

"每个生灵必须自己去发现它。"国王回答说，"但是我可以给你一个小小的提示，你可以从做善举开始。"

"但是我可以为这棵树做点儿什么呢？"小鸟说，"你知道的，它一心就想要结出果实。"

"可是我没有水果需要的颜色啊！"国王难过地说。

模仿鸟看了看自己心爱的尾巴，它有国王需要的鲜艳的颜色，但它会为了那棵老松树而忍痛割爱吗？

小鸟眼中含着泪水，拔下了两根耀眼的羽毛交给了国王。

首先是黄色，然后是绿色，这是它自己最喜欢的颜色。

这时，想起自己随口提出的砍下树枝的要求，它感慨道："我真是不应该这么自私，只顾自己的温暖啊！"

模仿鸟回到了它的巢，谦卑地走近老松树："非常抱歉，潘恩先生。我带了一颗种子给你，这样你就能结出果实，实现你的愿望了。"

　　老松树惊呆了，得知小鸟为了自己，放弃了它最珍爱的羽毛时，老松树说："亲爱的小鸟，你所做的事才是真正无私的事情啊。现在，我也要为你做一件特别的事。"

　　它把树枝扔到一边，把鸟巢举到了太阳的光芒里。

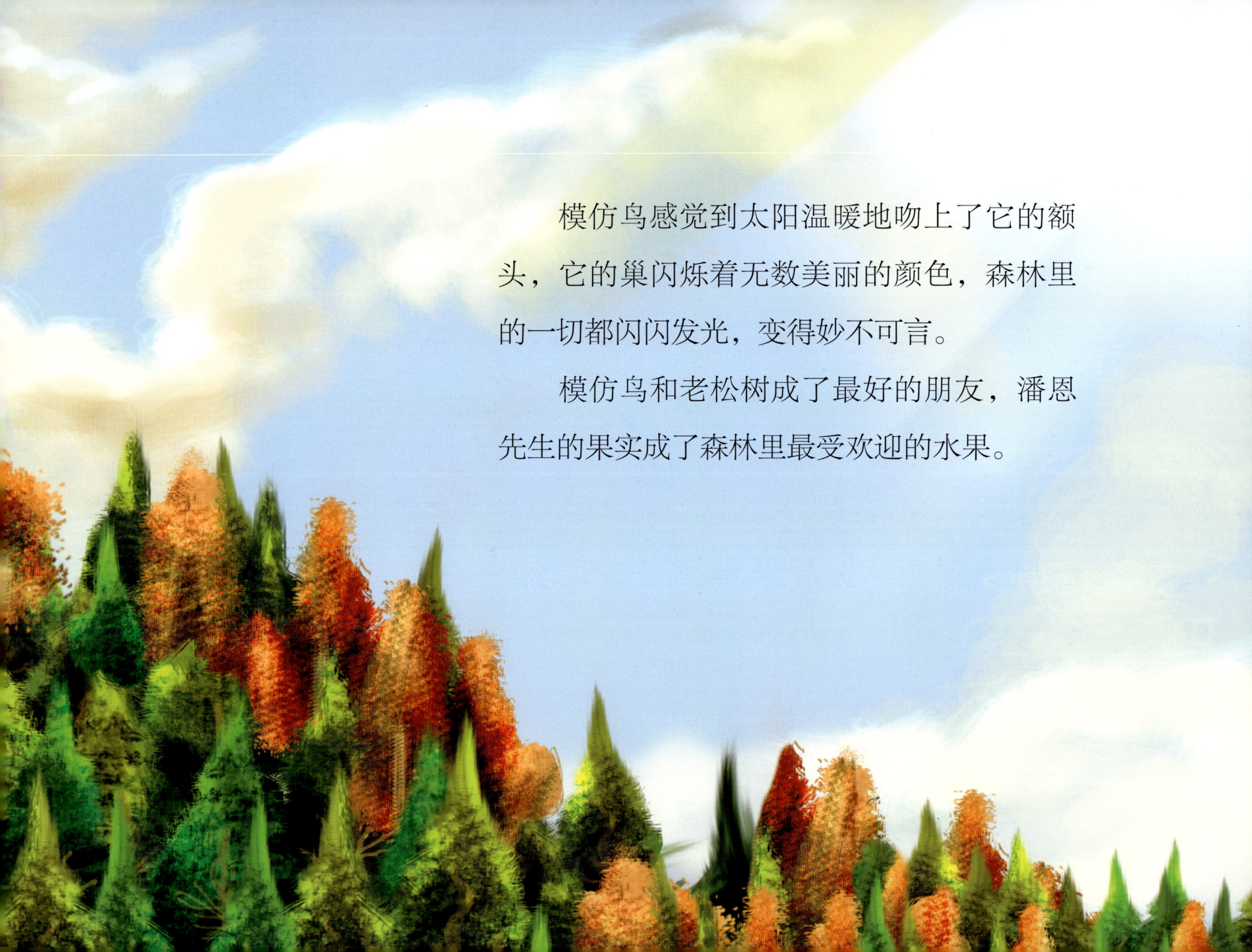

模仿鸟感觉到太阳温暖地吻上了它的额头，它的巢闪烁着无数美丽的颜色，森林里的一切都闪闪发光，变得妙不可言。

模仿鸟和老松树成了最好的朋友，潘恩先生的果实成了森林里最受欢迎的水果。

尽管模仿鸟不喜欢吃水果，老松树还是会经常告诉它，"尝尝，它可以帮助你的羽毛长回来。"

"那我就尝一口，看看它们能不能长回来？"

鸟和树发现了森林里的黄金法则：

善待他人，他人也会善待你。

关于模仿鸟的趣闻

★ 雌性和雄性的模仿鸟看起来很像。

★ 模仿鸟可以模仿许多不同的鸟类的歌声和其他
　 动物的声音，包括猫发出的声音。

★ 模仿鸟一生都在不断地为它的歌曲曲目添加新
　 的音符。

★ 模仿鸟非常保护幼鸟，当幼鸟受到猫威胁时，
　 它们甚至会攻击猫。

图书在版编目（CIP）数据

模仿鸟的尾巴 / (瑞士) 简·马库斯著；(澳) 迈克·
克罗姆绘；韩少佳译. -- 成都：四川科学技术出版社，
2023.5
　（世界儿童经典故事绘本）
　书名原文：THE MOCKINGBIRD'S TAIL
　ISBN 978-7-5727-0878-7

　Ⅰ.①模… Ⅱ.①简… ②迈… ③韩… Ⅲ.①儿童故
事—图画故事—瑞士—现代 Ⅳ.①I522.85

中国国家版本馆CIP数据核字（2023）第022350号

著作权合同登记图进字 21-2022-385号

Copyright: © Scandinavia Publishing House
中文独家版权：北京圣品国际文化有限公司

世界儿童经典故事绘本
SHIJIE ERTONG JINGDIAN GUSHI HUIBEN

模仿鸟的尾巴
MOFANGNIAO DE WEIBA

著　者　［瑞士］简·马库斯
绘　者　［澳］迈克·克罗姆
译　者　韩少佳

出 品 人　程佳月
责任编辑　张　姗
助理编辑　李　礼
责任出版　欧晓春
出版发行　四川科学技术出版社
　　　　　成都市锦江区三色路238号　邮政编码 610023
　　　　　官方微博　http://weibo.com/sckjcbs
　　　　　官方微信公众号　sckjcbs
　　　　　传真　028-86361756
成品尺寸　285 mm × 210 mm
印　　张　2
字　　数　40千
印　　刷　河北炳烁印刷有限公司
版　　次　2023年5月第 1 版
印　　次　2023年5月第 1 次印刷
定　　价　49.80元

ISBN 978-7-5727-0878-7

邮　购：成都市锦江区三色路238号新华之星A座25层　邮政编码：610023
电　话：028-86361770